기획의 말

그리운 마음일 때 'I Miss You'라고 하는 것은 '내게서 당신이 빠져 있기(miss) 때문에 나는 충분한 존재가 될 수 없다'는 뜻이라는 게 소설가 쓰시마 유코의 아름다운 해석이다. 현재의 세계에는 틀림없이 결여가 있어서 우리는 언제나 무언가를 그리워한다. 한때 우리를 벅차게 했으나 이제는 읽을 수 없게 된 옛날의 시집을 되살리는 작업 또한 그 그리움의 일이다. 어떤 시집이 빠져 있는 한, 우리의 시는 충분해질 수 없다.

더 나아가 옛 시집을 복간하는 일은 한국 시문학사의 역동성이 드러나는 장을 여는 일이 될 수도 있다. 하나의 새로운 예술작품이 창조될 때 일어나는 일은 과거에 있었던 모든 예술작품에도 동시에 일어난다는 것이 시인 엘리엇의 오래된 말이다. 과거가 이룩해놓은 질서는 현재의 성취에 영향받아 다시 배치된다는 것이다. 우리는 현재의 빛에 의지해 어떤 과거를 선택할 것인가. 그렇게 시사(詩史)는 되돌아보며 전진한다.

이 일들을 문학동네는 이미 한 적이 있다. 1996년 11월 황동규, 마종기, 강은교의 청년기 시집들을 복간하며 '포에지 2000' 시리즈가 시작됐다. "생이 덧없고 힘겨울 때 이따금 가슴으로 암송했던 시들, 이미 절판되어 오래된 명성으로만 만날 수 있었던 시들, 동시대를 대표하는 시인들의 젊은 날의 아름다운 연가(戀歌)가 여기 되살아납니다." 당시로서는 드물고 귀했던 그 일을 우리는 이제 다시 시작해보려 한다.

기획의 말

그리운 마음일 때 'I Miss You'라고 하는 것은 '내게서 당신이 빠져 있기(miss) 때문에 나는 충분한 존재가 될 수 없다'는 뜻이라는 게 소설가 쓰시마 유코의 아름다운 해석이다. 현재의 세계에는 틀림없이 결여가 있어서 우리는 언제나 무언가를 그리워한다. 한때 우리를 벅차게 했으나 이제는 읽을 수 없게 된 옛날의 시집을 되살리는 작업 또한 그 그리움의 일이다. 어떤 시집이 빠져 있는 한, 우리의 시는 충분해질 수 없다.

더 나아가 옛 시집을 복간하는 일은 한국 시문학사의 역동성이 드러나는 장을 여는 일이 될 수도 있다. 하나의 새로운 예술작품이 창조될 때 일어나는 일은 과거에 있었던 모든 예술작품에도 동시에 일어난다는 것이 시인 엘리엇의 오래된 말이다. 과거가 이룩해놓은 질서는 현재의 성취에 영향받아 다시 배치된다는 것이다. 우리는 현재의 빛에 의지해 어떤 과거를 선택할 것인가. 그렇게 시사(詩史)는 되돌아보며 전진한다.

이 일들을 문학동네는 이미 한 적이 있다. 1996년 11월 황동규, 마종기, 강은교의 청년기 시집들을 복간하며 '포에지 2000' 시리즈가 시작됐다. "생이 멋없고 힘겨울 때 이따금 가슴으로 암송했던 시들, 이미 절판되어 오래된 명성으로만 만날 수 있었던 시들, 동시대를 대표하는 시인들의 젊은 날의 아름다운 연가(戀歌)가 여기 되살아납니다." 당시로서는 드물고 귀했던 그 일을 우리는 이제 다시 시작해보려 한다.

연인들

문학동네포에지 041

최승자 시집

연인들

시인의 말
—긴 여행 끝의 한 출발점에서

여기 실린 시들은 한 권의 시집으로 묶기에는 좀 적은 분량인 마흔 편이다. 마지막 시집을 낸 것이 1993년이니까, 이제 그동안 5년이라는 세월이 흘렀다는 것을 새삼 느낀다. '새삼'이라고 말하는 까닭은, 5년의 시간이란 한 권의 시집을 묶기에는 길다고도 할 수 없고 짧다고도 할 수 없지만, 나로서는 참 많이 길었던 기간이기 때문이다. 그 5년이란 모든 것들, 나 자신, 나 자신을 둘러싼 상황, 세계에 너무 지쳤다고 이제 뭔가 다른 게 필요하다고 무의식적으로 느끼고서 한 여행을 시작하여 그 여행을 마치고서 이제 비로소 한 입구, 다른 한 출발점에 서 있는 듯한 기분이기 때문이다. 그 5년 동안, 시를 포기한다고 생각하면서 그래도 씌어진 시들이 이 시집에 실린 것들이다.

적은 분량이긴 하지만 그 시들 하나하나가 어떤 생각, 어떤 길, 어떤 과정을 거쳐왔는가를 나에게 보여준다. 그것은 오직 나 자신만 알 수 있을 것이다. 그래서 맨 처음 다섯 편의 시는 1993년 부근의 나, 그러니까 깡깡하게 굳어져왔던 나의 흔적, 그 이전의 내 시들과 전혀 다를 게 없는 정서를 갖고 있다. 그리고 「우라노스를 위하여」를 비롯하여, 그 이후에 이어지는 시들은 내가 공부랍시고 한 여러 가지 상징체계들, 말하자면 음양오행론, 서양 점성술, 유대 신비주의 카발라, 타로 카드 등을 거치면서 거기서 얻은 생각들을 내 생각들로 바꾸어 나를 바꿔가는 과정에서 나온 것들이다. 그것은 어떤 면에서는, 자신을 둘러싼 세계, 자기 스스로 만들어놓은 상황과 조건이 나 자신을 규정하는 것이 아니라, 내 생각들이 나 자신을 규정한다는 것을 알아가는 것을 보여주는 시들인데, 물론 그것을 알아보는 것 또한 나 자신밖에 없을 것이다. 그 시들 하나하나에서 5년 동안 나 자신이 걸었던 짧거나 긴, 그리고 돌고 도는 여행들 중에서 어떤 때에 씌었던가를 아는 사람은 나 자신밖에 없을 것이다. 그리하여 마지막 세 편의 시, 「연인들」 1, 2, 3은 그 5년 과정을 마무리해주는, 그리하여 다시 새로운 한 출발점에 내가 서 있음을 보여주는 시들이기도 하다.

그 5년은 다른 말로 하자면, 내가 어느 한 수필에서 썼듯이, '죽음'의 죽음, 즉 '죽음'이라는 의식이 죽는 과정이도 했다. 이전의 내 의식이 얼마나 많은 죽음의 생각들로 가득차 있었던가, 고통 외로움 불행감 등 온갖 형태의 죽음의 생각들로 가득차 있었던가를 스스로 깨달아가는 기간이기도 했다. 그것은 아주 긴긴 시간 체험, 먼 공간 체험, 깊은 의식의 체험이기도 했다.

이 시집의 마지막에 나오는 연작시의 제목이며 이 시집의 제목인 '연인들'에 대해서는 약간의 설명이 필요할 것 같다. 이 제목은 여러 상징체계 중의 하나인 타로 대비밀 카드 중 6번 카드, Lovers에서 나온 것이다. 이 카드의 그림을 보면 우리가 흔히 천사라고 부르기도 하는 어떤 천상적인 존재가 두 팔을 벌리고 있고, 그 아래 오른쪽에는 한 남자가 있고, 왼쪽에는 한 여자가 서 있다. 머리를 위로 들어올린 여자의 눈에는 그 천상적인 존재가 비쳐 담겨 있고, 남자는 그 여자의 눈을 바라보고 있고 그리고 거기 비친 그 천상적 존재, 그러니까 인간에게 원래부터 주어져 있던 어떤 천상적인 존재를 확인하게 된다.

융식으로 보자면, 이 남자와 여자는 아니무스, 아니마의 개념이기도 하다. 융은 성(聖)의 3대 요소에 제4의 요소인 페미닌의 개념이 도입되어야 할 때가 왔다고 말한 적이 있다. 이때의 페미닌적 요소는 남성, 여성을 구분할 것 없이, 이 지상의 사람들에게 존재하는 페미닌적 요소이다. 이것은 다시 우리의 단군신화적으로도 해석할 수 있는데, 거친 성격을 가진 호족을 이겨낸 웅족의 따님이 환인을 거쳐 내려온 환웅과 결혼하여 낳은 단군, 그러니까 하늘과 땅의 결합체이고, 이것이 내가 생각하는 새로운 페미닌적 요소이다. 말하자면 남성과 여성을 구분할 것 없이 이 지상 사람들 모두가 천상적 존재를 껴입은 땅님, 즉 따님인 것이다. 그런 생각으로 쓰인 시가 연작시 「연인들」이고, 그중에서도 「연인들 1—빛의 혼인」이 그런 생각에 가장 가까운 시이다. 그리고 그 시의 마지막 연은 이렇게 끝난다.

수천 길 땅속에서 끌어낸
나의 신부, 그 몸에 빛이, 생기가 돌고,
나의 잠자는 미녀,

이제 그 눈을 떠라,
나의 페르세포네, 나의 에우리디케,
오 나의 신부, 나의 누이여,
나의 말쿠스,
나의 웅녀, 나의 따님.

1999년 1월
최승자

개정판 시인의 말

절판되었던 시집을 다시 펴본다.
절단되었던 다리가 새로 생겨나오는 것 같다.
무지막지한 고통 속을 달려왔던 시간,
무지막지한 고통 속을 헤매었던 시간,
그 순간들이 점철되어 있는 이 시들이
어떻게 이렇게도 숨겨져 있을 수 있는지
가히 참, 아름답다.

2022년 1월
최승자

차례

마흔두번째의 가을

다리 다쳐 절룩거리며
한 무리의 엉겅퀴들이 산비탈을 내려온다.
봄의 내세를 믿자며,
한 덩어리의 진보랏빛 울음으로 뒤엉켜,
그들은 병든 저희의 몸을
으스스한 낙엽더미 속에 눕힌다.
그들의 몸뚱어리 위에 곧
눈의 흰 이불이 겹겹이 덮이고,
그러나 돌아오는 봄의 천국에
그들은 깨어나 합류하지 못하리라.
그 겨울잠이 마지막 잠일 것이므로,
오는 봄을 분양받기 위해
또다른 엉겅퀴들이
저 내세까지 줄지어 서 있으므로.

심장론

—심장이 안 좋군요.

—? 신장이 나쁘단 소린 많이 들었지만 심장이 안 좋단 애긴 처음인걸요.

—높은 곳에 걸어올라가본 적 있어요? 숨차지 않았어요?

—글쎄요. 낮은 곳만 기어다녀서.

—가슴이 뻑적지근할 때 없어요?

—맞아요. 가슴 동굴에 안개가 꽉 찰 때가 많아요. 온갖 썩은 괴로움으로부터 발생하는 스모그현상인가요?

—스모그현상? 글쎄 지금은 그 정도지만, 이대로 방치해두면 큰일이 생길 수도 있어요. 이를테면 어떤 순간에 느닷없이 엄청난 벼락이 내리치거나 화산이 폭발하는 것 같은.

—전 일생토록 어떤 순간을 기다려왔는데요, 그게 그 순간일까요? 그 순간에 몹시 아플까요?

—아플 틈이 어딨어요. 순간적으로 끝나는 건데. 내 말은 심장마비로 인한 돌연사를 당할 수도 있다는 겁니다. 예를 들면 복상사 같은.

—아니, 서언생님, 갑자기 복상사는. 복하사겠죠.

—아 미안해요. 내가 당신의 성(性)을 깜박했어요.

—아까도 말씀드렸지만, 전 일생토록 어떤 순간을 기다려왔어요. 그게 그 순간일까요?

—내 말은 예고도 없이 찾아오는 돌연사, 이를테면 복상사 같은

—서언생님!
—아, 미안해요, 그만 또 깜박.

상경

서른아홉에서 마흔 넘어 마흔하나로 넘어갈 때까진 끝없이 굴러다니기만 하리라. 버스, 기차, 비행기, 집까지 그 모두를 마차처럼 호화롭게 부리며 끝없이 달리기만 하리라.

그렇게 작정하고 넘었던 산, 그렇게 작정하고 넘었던 바다.

하지만 내 목구멍 닫았다 열었다 하는
이 포도청 서울이 나를 또 이곳으로 압송했구나.

새로 노점 좌판 하나 벌이려 찾아온 서울.
주위 달팽이들 모르게
집 없는 민달팽이처럼, 도둑고양이처럼,
한밤중에 몰래 들어앉은 빈집 새집.
가진 것 하나 없이 내 몸뚱이 하나만
커다란 집으로 들어앉은 빈집 새집.
하지만, 일생토록 점점 더 탱탱하게 불어난 내 빈 몸이
이 빈집을 가득 채우는구나.

그래, 나 같은 사람이사,
일생을 온몸으로 채우제, 잉.
암, 온몸으로 때우고말고.

안부

나더러, 안녕하냐고요?
그러엄, 안녕하죠.
내 하루의 밥상은
언젠가 당신이 했던 말 한마디로 진수성찬이 되고요,
내 한 해의 의상은
당신이 보내주는 한 번의 미소로 충분하고요,
전 지금 부엌에서 당근을 씻고 있거든요.
세계의 모든 당근들에 대해
시를 쓸까 말까 생각하는 중이에요.
우연이 가장 훌륭한 선택이 될 때가 있잖아요?
그런데, 다시 한번 물어주시겠어요,
나더러 안녕하냐고?

그러엄, 안녕하죠.

똑딱똑딱 일사불란하게
세계의 모든 시계들이 함께 가고 있잖아요?

아득한 봄날

통과해야만 할 아득한 봄날의 시간이
저 밖에서 선혈처럼 낭자하다.
베란다 앞 낮은 산을 뒤덮으며
패혈증처럼 숨가쁘게,
어질어질 피어오르는 진달래.
눈물이 나 더는 못 보고
쪽문을 소리내어 쾅 닫는다.

어떻게 견뎌야 할지,
내 앞에 펼쳐질
봄 꽃, 여름 잎
가을 단풍, 겨울 눈꽃.

닫혀버린 집안 한구석에서
인조 장미 몇 송이가
무게도 없이 깊이깊이 가라앉는다.

시간은

시간은 시간을 갖고 있지 않다.
모든 사물이 저마다의 시간을 갖고 있을 뿐.
나는 자전하면서 그것들 주위를 공전하고
지금 내 주파수는 온통 우라노스에게 맞춰져 있다.

가이아는 지금 온몸이 총체적 파장이다.

저 멀리서 네가 입은 무명 도포 자락
한끝이 하얗게 펄럭인다.
이제 우리의 첫아들,
한 마리의 어린양이 깨어나리라.
세상의 진흙 꿈들을 헤치고
한 마리 어린양이

푸른 눈을 뜨리라.

둥그런 거미줄

둥그런 거미줄 하나
바람에 흔들린다.
하얀 씨줄과 날줄의 교차,
고통은 망상(網狀) 조직이다.
그 망상의 중심 하나, 맹목점(盲目點),
보편의, 눈먼 장미 한 점(點).

온통 뼈뿐인 우주 하나,
흔들리다 곰삭아
우수수 무너져내린다.
흰 뼛가루가 백지 속을
가득 덮는다.

한 여자가 제 삶의
가로수길을 다 걸어가
소실점 바깥으로 사라진다.
소실점이 지워진다.

1번 국도

달리는 차 내부의 온갖 소리들,
고장난 오장육부의 서로 다른 신음 소리들,
그것들의 숨죽인 비명을 들으면서,
나는 무심 무사하게 통과한다.
그것들이 나를 통과하기 이전에.
10년 전에 내가 놓친 애인,
1년 전에 내가 놓아버린 애인,
도둑놈들, 빚쟁이들, 내 열두번째 감옥의 수인들.

1번 국도, 나 처음 고향 떠나 타고 올라왔던,
이제 내 무덤 향해 달려 내려가는 도로 위에서
나는 멈출 수가 없다. 내가 하느님께 특별 주문했던
브레이크 없는 차는 멈출 수가 없다.
달리는 차 안의 숨죽인 온갖 귀곡성들과 함께
내 심장 속 열두번째 감옥의 모든 죄수들을 데리고
나는 달릴 수밖에 없다. 나는 통과한다.
그것들이 나를 지나치기 전에, 내가 먼저 통과한다.
1번 국도에서, 통과할 것으로서의 이 세계,
스쳐지나가야 할 것으로서의 이 세계를.

우라노스를 위하여

어느 입술이 내게 밤새
천체의 서를 읽어주었다.
어느 손이 밤새 내 머릿속에
천체의 서를 써넣었다.

나는 지금 어떤 문법을 고르고 있다.
나는 지금 우주의 조직,
마디마디를 짚어보고 있다.
너는 있니, 너는 있니, 어디에?

숲의 나무들은 제 그림자처럼
침묵을 거느리고 서 있다.
언제나 네게로 가는 중인 나는
이슬 묻은 맨발이고,
내가 부르는 노래들,
그 노래들의 푸른 틈새로
언뜻언뜻 하늘빛이 비쳐든다.

시간은 지금 무풍이다.

빈 공책

—한 추억을 위한 소묘

누가 펼쳐놓았나.
아무것도 씌어져 있지 않은 이 빈 공책.
그 위에 깊은 눈이 내려 침묵조차,
침묵이 걸어간 발자국조차 지워져버린
이 태초의 빈 공책을.
아니 그것은 내가 지워버린 공책이다.
나는 내가 써왔던 텍스트를 모두 지워버렸다.
이제 나는 더이상 쓰지 않을 것이다, 라고
그 위에다 나는 쓰지 않는다.
나는 다만 지워버렸고,
지워버렸다고 말할 뿐이다.
지워져버린 공책 위에 쌓인 눈은 보이지 않는다.
그러나 나는 그것을 보고, 그리고 안다.
이제 그 위로 소리 없이 바람이 한차례 지나가고,
그리고 그 공책은 영원히 닫혀질 것임을.

흔들지 마

흔들지 마, 사랑이라면 이젠 신물이 넘어오려 한다.
내 잔가지들을 흔들지 마.
더이상 흔들리며 부들부들 떨다 치를 떠느니,
이젠 차라리 거꾸로 뿌리 뽑혀 죽는 게 나을 것 같아.

프라하에서 한 집시 여자가, 운명이야, 라고 말했었다.
운명 따윈 난 싫어, 라고 나는 속으로 말했었다.
아름다움이 빤빤하게 판치는 프라하, 그러나 그 뒤편
숨겨진 검은 마술의 뒷골목에서 자기 몸보다 더 큰
누렁개를 옆에 끼고 땅바닥에 앉아
그녀는 내 손바닥을 읽었다.
난 더이상 읽히고 싶지 않다.
나는 더이상 씌어진 대로 읽히고 싶지 않다.
그러므로 운명이라 말하지 마, 흔들지 마,
네 바람의 수작을 잘 알아, 두 번 속진 않아.
새해, 한겨울, 바깥바람도 내 마음만큼 차갑진 않다.
내 차가운 내부보다 더 차가운 냉수 한잔을
마시며, 나는 차갑게 다시 읊조린다.

흔들지 마, 바람 불지 마, 안 그러면
난 빙하처럼 꽝꽝 얼어붙어버리겠어.

창문 밖으로 사람들이 하나씩 오고가면서
내게 수상한 바람소리들을 보낸다.

그때마다 나는 접시 깨지는 소리로 대답한다.
"접근하면 발포함" 그러나 내가 가장 두려워하는 게
뭔지 나는 안다. 그것은 외부를 향한 게 아닌,
내부를 향한 내 안의 폭탄이다.

한 사람이

한 사람의 한 생애를 기울여
울타리를 만든다. 그 안에다
자기집을 세우고
결혼을 안치시키고
자기 가족, 자기 자식들의 강철 인형을 만든다.

한 사내가 제 생애를 용광로에 쏟아부어
황금색 미니어처 왕국을 만드니,
그는 자기가 건설하는 게 감옥인지 모른다.
그는 자기가 제 살의 진흙으로 무덤을 만든다는 것을 모른다.
그가 그것을 깨달을 무렵엔, 허공 너머로
황금의 잔들은 차례로 쓰러져 사라지고
밤은 한없이 명왕성 쪽으로 기울고,
우주를 떠도는 미확인비행물체,
그것을 우리는 이승의 삶이라 부른다.

더스트 인 더 윈드, 캔자스

창문 밖. 사막. 바라보고 있다.
내세의 모래 언덕들, 전생처럼 불어가는 모래의 바람.

창가에서 20년 전쯤 처음 만났던 노래를 들으며
찻잔을 홀짝이다가, 나는 결정한다.
이제껏 내가 먹여 키워왔던 슬픔들을
이제 결정적으로 밟아버리겠다고
한때는 그것들이 날 뜯어먹고 있다고 생각했지만,
내 자신이 그것들을 얼마나 정성스레 먹여 키웠는지 이제 안다.
그 슬픔들은 사실이었고, 진실이었지만
그러나 대책 없는 픽션이었고, 연결되지 않는 쇼트 스토리들이었다.
하지만 이젠 저 창밖 풍경, 저 불모를 지탱해주는
눈먼 하늘의 흰자위,
저 무한으로 번져가는 무색 투명에 기대고 싶다.
더스트 인 더 윈드, 캔자스

번역해다오

침묵은 공기이고
언어는 벽돌이다.
바람은 벽돌담 사이를
통과할 수 있다.
나는 네 발목을 붙잡고 싶지 않다.
지금 내 손은 벽돌이지만
네 발은 공기이다.
통과하라, 나를.
그러나 그전에 번역해다오, 나를.
내 침묵을 언어로,
내 언어를 침묵으로,
그것이 네가 내 인생을 거쳐가면서
풀어야 할 통행료이다.

천년 지복

한 여자가 잠긴 문을 열고
들어가 도로 잠근다.
불시에 여자의 몸무게를 빼앗긴 문밖 공간이
잠시 어찔, 휘청하다가 균형을 찾는다.

갑자기 무거운 몸무게를 던져받은 문안 공간이
잠시 어찔, 기우뚱하다가 균형을 되찾는다.

시종 당당한 것은 그 여자,
항성만한 그 여자의 몸무게이다.
여자는 블랙홀 같은
거대한 원터치 깡통을 따고 들어가
어둠 속에서 딱 한 번 영원히, 뚜껑을 덮는다.

블랙홀 속, 불 꺼진 항성의 잠,
천년 지복.

이 시

이 시를 나는 파괴하고 싶다.
나는 오래전부터 내 시의 리듬을 파괴하고 싶었다.
헤어스타일을 바꾸고, 의상을 바꾸고, 그래도 결국
벗겨낼 수 없었던 살가죽 같은 리듬.
이 늙고 굳은 리듬이 나는 싫다.
이 인위적인, 이 목발 같은, 불구의, 불구대천의 리듬,
이 수세기 늙은 굳은 껍질을 벗겨내다오.
본래부터 이것은 내 것이 아니었다.
늙은 창부의 술 취한 타령,
자바 시장 싸구려 박자, 싸구려 코스 춤,
하나의 이물질, 성형물,
집단적으로 싸놓은 똥들이 굳어져 이룬 더께,
자기 연민으로 점점 더 뚱뚱해지는, 비곗덩어리,
이 보이지 않는 조건반사적, 쇠창살 같은
이 리듬, 그걸 벗어나, 가령,
흐르지 않는 듯 흐르는 강물이나,
그 위로 불어가거나 멈춰 있는 바람 같은 것,
혹은 그 곁 사막에 오두마니 서 있는 한 그루 나무,
그 가지에 앉아 있는 한 마리 눈먼 까마귀 같은,
그냥 박자 없는, 박자 안 되는 풍경으로 머물고 싶다.
그리하여, 무미미무미무무미피키파키푸키푸키파키피
키피키피키.

하얀/위에/다시/하아얀

진화의 초기 단계에서 박테리아와 아메바는 공생한다.
아메바는 몸뚱어리에서 박테리아를 빼내면 둘 다 죽는다.
헛…… 빈……
헛……이 빈……을 꽉 채운다.
해체중 : 거창하다, 주관적이다.
분열중 : 적당하다, 객관적이다.

해체, 분열, 그러나 뭣을 위한?
아니면, 뭣을 위한 것도 아닌?

(가치 판단을 하지 말라, 그냥)

하얀
　　위에
　　　　다시
　　　　　　하아얀을

덮어씌워라.
어느 날 우리의 아기 조상님
박테리아가 환생하시도록.
그리하여 다시, 무한
허엇…… 발……

인터내셔널 식탁

—그냥 틴이라 불러.
—틴? TIN?
—맞아.
(순간, 주석, 아, 깡통, 깡통 냄비)
버마산 남자 1인분, 한국산 여자
1인분이 식탁에 앉아
한국산, 버마산, 중국산, 일본산, 미국산,
멕시코산, 칠레산, 포르투갈산,
깡통들을 먹어치우고 있다.
—하루에 얼마나 피워?
—한 갑 반 정도.
—그러면 한 달이면……
—미국에선 약 120달러.
—우리 마누라가 산부인과 의사인데
한 달 공식 월급이 10달러쯤이야.
(순간, 깡통들이 우그러지는 소리)
—그게 전부야?
—비공식적으로, 부업을 하는데, 그게
한 달에 150에서 200달러 사이……
(난, 미안해야 하나? 그럼 날 위해선
어느 나라 산(産)이 미안해해야 하나?)

시간은 일직선으로 존재하지 않는다는 가설을 나는 믿는다.

시간은 우주 공간들의 동적, 혹은 파동적 표현들일 뿐이다.
그 시간-공간의 파동을 재는 만유 공통의 척도는,
지금은, 달러이다. 그리고 그 파동을 타고
힘겹게 흔들거리는 버마산을
나는 지금 보고 있다.

제주기(濟州記)

한때 불이었고
폭풍이었던 모든 것이
물로 돌아가는 시간,
내 시야의 전 우주에
찰랑찰랑 물이 넘치고,
그 위로 빛무리 넘실대고

그 위로, 아, 바람의 계단들,
그 맨 꼭대기 허공, 바람의 절벽,
거기에 내가 알았던 모든 얼굴들
잔잔한 풀꽃들로 피어 흔들리고,
바람이 허공의 피아노 건반을
재빨리 한 번 훑을 때마다
무수한 음계들로, 까르르 까르르르,
시야 가득 번져가는 웃음소리들.

(모든 길들은 돌아가는 길들이고,
모든 여행은 돌아가는 여행이다.)

바오로 흑염소

문학동네로 올라가는 명륜동 도로변에 바오로 흑염소 사당 하나 숨은 듯이 자리잡고 있다는 것을 의식하는 사람은 드물다. 그 사당 앞 거리에 바울이 되기 전의 사울, 검은 흑염소 한 마리의 울음이 낮게, 아주 낮게 깔려 있다는 걸 아는 사람은 더욱 드물다. 몇 날인가 계속 불타는 아궁이 위 항아리 속에 담겨진 채 불타다 불타다 물로 변해버리는, 비명을 지르다 지르다 침묵으로 변해버리는 그 물— 침묵의 울음소리. 몇 날 며칠을 불에 태워져야 순하디순한 물, 흑염소탕으로 변하는 흑염소의 에고(ego). 그 아궁이 불을 보살피는 사람이 연금술사인가, 그 항아리 안에 든 흑염소, 혹은 흑염소의 혼, 혹은 바울이 되기 전의 사울 자신이 연금술사인가, 아니면 그 거리 지나면서, 낮게 깔린 자욱한 안개 같은 그 검은 울음소리의 그물에 매번 발목이 사로잡히는 내 자신이 연금술사인가.

저 20세기의 상점으로 변해버린 바오로 흑염소 사당. 저 몇천 년 전의, 저 이방의 상징이 아직도 살아 "내 영혼의 어두운 밤"을 증거한다.

상징이란 지독하게 살아낸, 살아 달이고 우려낸 삶의 이미지이다. 살아내지 않은 것은 상징이 될 수 없다.

유카 나방이

"유카 초목의 꽃들은 단 하룻밤 동안만 벌어진다. 유카 나방이는 그런 꽃들 중의 하나에서 그 꽃가루를 꺼내 반죽해 조그만 덩어리로 만든다. 그런 다음 나방이는 다시 또 한 유카 꽃을 찾아가, 그 암술을 찢어 열고 배주(胚珠) 들 사이에 제 알들을 낳고서, 고깔 모양으로 생긴 암술의 터진 틈을 그 꽃가루 반죽덩어리를 메워넣어 막는다. 제 일생 중 단 한 번 유카 나방이는 이 복잡한 일을 행한다."(칼 구스타프 융, 『정신의 구조와 역학』에서 인용)

1. 현대 문명적으로 해석하자면, 이것은 "필요는 발명의 어머니"라는 뜻이다. 유카 나방이의 필요가 유카 꽃을 발명한다.

2. 이것은 저 유구한 문제의 또 한 변형판이다.
심(心)이 먼저인가 물(物)이 먼저인가,
심이 있으매 물이 있나 물이 있으며 심이 있나.
사실은 그것들은 하나이며, 자웅동체이다.
유카 나방이/유카 꽃의 관계는 빛/그림자, 양/음, 생명-력(力)/생명-형태, 영(靈)/혼(魂), 마음/육체, 이성/정서, 의미/이미지 등등의 관계와 같다.

3. 내가 왜 이런 것을 시라고 쓰느냐 하면,
내가 한 마리의 유카 나방이—융을 받아들이는,
하룻밤 동안만 벌어진다는, 한 송이의

유카 꽃이라는 것을,
그러나 그것을 의식하는 순간
나는 저 물만이 아닌 심이 보태진 유카 꽃,
자웅동체의 유카 꽃이 된다는 것을,
내 자신에게 의식시키기 위해서이다.

"그릇 똥값"

노량진 어느 거리 그릇 세일 가게
쇼윈도에 이런 문구가 붙어 있다.
"그릇 똥값"

순간 충격적으로, 황금색으로
활짝 피어나는 그림 하나.
신성한 밥그릇 안에 소중하게 담겨 있는
김 모락모락 나는 커다란 똥 무더기 하나,
아니 쇼윈도 안 모든 그릇들 안에 담겨
폴폴 향기로운 김을 피워올리는 똥덩이들.
그 황금색의 환한 충격.

입과 항문이 한 코드로 연결되듯
밥과 똥이 한 에너지의 다른 형태들이니,
밥그릇에 똥을 퍼담은들,
밥그릇에 똥을 눈들 어떠랴,
산다는 것은 결국 싼다는 것인데

생각은

생각은 마음에 머물지 않고
마음은 몸에 깃들이지 않고
몸은 집에 거하지 않고
집은 항상 길 떠나니,

생각이 마음을 짊어지고
마음이 몸을 짊어지고
몸이 집을 짊어지고,
그러나 집 짊어진 몸으로
무릉도원 찾아 길 떠나니,
그 마음이 어떻게 천국을 찾을까.

무게 있는 것들만 데불고,
보이는 것들만 보면서,
시야에 빽빽한 그 형상들과
그것들의 빽빽한 중력 사이에서
어떻게 길 잃지 않고 허방에 빠지지 않고
귀향할 수 있을까.

제가 몸인 줄로만 아는 생각이
어떻게 제 출처였던
마음으로 귀향할 수 있을까.

월하(月下), 이 빵빵한

과거로 되돌아가기란
숨쉬기보다 쉽다.
숨쉬기보다 저절로이다.

무덤들이 있고 그 위로
만월이 교교한 밤,
내 전생들의 기록을 뒤져볼까,
내 전생들의 필름을 다시 돌려볼까.
REW ——→ REPLAY,
백 투 더 패스트, 그리고 되시작하기,
직전의 그 공(空)과 그 고요,
그뒤를 잇는 일점(一點)의, 빅뱅의 굉음.
수억 년 전 그 침묵과 굉음까지
효과음으로 찍혀 있는 그 영겁의 테이프.
그 시간 테이프가 돌아가기 시작하고,
그 안에서 내 혼이 몇, 천, 만, 년에 걸쳐
연기했던 온갖 배역들이 컬러 화면으로 펼쳐지고
나는 거기로 다시 빨려들어간다.
그 테이프를 정지시킬 수 있는, 아니
지워버릴 수도 있는 리모컨을 손에 든 채,
그러나 그 사실을 잊어버린 채
나는 한없이 다시 그 시간의 테이프 속으로
빨려들어간다. 몇 생애인지도 모를 동안의
내 사랑들과,내 원수들과, 내 부모들과 내 자식들과,

내 조국들과 내 시대들과 내 문명들 혹은 문화들과
한없는 뒤범벅이 되어 흘러간다.
거기엔 과거도 현재도 미래도 없다.
백 투 더 패스트와 백 투 더 퓨처가,
뒤섞여 하나가 되어 돌고 돌 뿐
그 테이프 안에서는 그것을 그치게
할 길이 없다. 그것이 언젠가 내가 찍었던,
그리고 돌리고 돌리며 수없이 보았던
비디오테이프라는 것을 기억해내는 것.
그리고 그 비디오테이프 밖으로 빠져나와,
리모컨으로 꺼버리는 것 외에는.

과거로 되돌아가기란
숨쉬기보다 쉽다,
숨쉬기보다 저절로이다.

무덤들이 있고 그 위로
만월이 교교한 밤.
우리들의 혼인 효모로
한없이 부풀어올랐다
한없이 잦아들다가
팽창했다가 수축했다가 다시 팽창하는,

월하, 이 빵빵한,

수억 년 전 빅뱅 때에 찍혔다
수억 광년을 달려와 이제
내 자궁 속에서 부풀어오르며
삼차원의 형상, 아니 영상이
되어가고 있는 이것.
월하, 이 빵빵한

이 빵덩어리는 도대체 누구의 오븐에서 구워졌던 것일까.

백합의 선물

언젠가 한 점쟁이가 내게 말했었죠.
"당신은 전생에서 이생으로 내려올 적에
길가에 난 백합꽃을 꺾었어. 백합꽃
꺾은 죄로 이생에서 고생을 하는 거라구."
가끔씩 힘들 때마다, "내려오다 백합은
왜 꺾어 이 고생이누, 아니 하필이면
내가 내려오는 그 길에 백합은 왜 피어 있었누"
라고 생각했지만, 그 참 이제 보니 그건
아름다운 상징일 수도 있다는 생각이 드는군요.
아니 상징이 아니라 어쩌면 필연이었다는.
하필이면 거기에 백합이 피어 있었던 것도,
하필이면 내가 그것을 꺾어 갖고 왔던 것도.
어쩌면 필연이라는 생각이 듭니다.
왜냐하면, 그 모든 고통들이 정화된 그 자리에
백합 한 송이 피어나, 이제 비로소 그 존재를,
그리고 용도를 내게 알려주고 있으니까요.
내가 당신의 힘을 빌려 내 무수한 전생들,
그리고 이생에서 보냈던 모든 시간들을
폐지해버린 자리, 내 마음의 작은 빈터 안에,
내가 사랑하는 당신이 가장 사랑하는 꽃,
백합꽃을 선물로 놓아드릴 수 있으니 말입니다.
그 한 송이 백합이 어느 날 넘실대는 환한
빛덩어리로 풀려버릴 수 있길 바라면서.

좌우지간

버스가 시내를 향해 제1한강교를 지나는 동안
나는 좌편 창밖으로(내 눈의 방향에서)
갈매기 두 마리가 좌우 두 방향으로(내 눈의 방향에서)
날고 있는 것을 본다. 나 또한 내 옷과 내 몸과
내 전력과 내 역사와 내 조국과 내 지구를 살짝 빠져나와
버스 창밖, 한강 상공을 한 바퀴 휘익 돌아보다
두 놈과 각각 마주쳐 씨익 웃는다.
그들도 씨익 웃음으로 답한다. 마치 내 비밀을 안다는 듯.
그래, 맞다, 맞다, 그건 비밀이다. 아주 훤한 비밀,
태양처럼 빛나는 비밀. 창조 이래, 좌우지간 불행하다
생각하며 살았던 한 생명이 좌우지간 행복하다고
느끼는 한순간까지 얼마나 많은 시간이 흘렀을까.
그것을 우주의 역사, 인류의 역사, 개인의 역사,
그 무엇이라 부르든, 그러나 창조 이후
한순간도 지나지 않았음을, 좌우지간 행복하게 생각하며,
한강 상공에서 갈매기 세 마리, 좌우지간으로 날고 있다.
분리가 좌를 만들고, 좌가 우를 만들고,
좌우가 좌우지간을 만들고, 그 좌우지간이라는
작은 틈 안에, 모든 종류의 세계, 모든 종류의 역사가
헛돌고, 헛돌고 있을 뿐, 좌를 지우니, 우가 없어지고,
좌우가 없어지니 좌우지간도 사라진다는 듯,

갈매기 세 마리, 좌, 우, 지간으로 날고 있다.

왕국

왕의 영토는 무한 대륙이었다.
즉위한 그날부터 왕은 자기 영토의 중심에,
검은 의자 위에 앉아 검은 거문고로
검은 죽음의 가락들을 탄주하기 시작했다.
왕의 거문고 솜씨는 너무도 신적이어서,
그가 거문고를 뜯기 시작하자 맨 먼저,
허공을 날고 있던 모든 새들이 추락했고,
그다음엔 모든 나무들이 키 큰 순서대로 쓰러졌고,
지상의 모든 기고 걷는 것들은 영원히 그 움직임을 멈췄다.
그가 신명을 다해 어둡고 깊은 죽음의 가락들을
하나씩 토해낼 때마다, 먼 대륙 끝이 하나씩 대양의 물속에 잠겼다.
왕은 밥도 먹지 않고 잠도 자지 않고
검은 머리가 긴 백발로 변할 때까지,
검은 대양이 온 대륙을 삼키고
억조창생이 물속에 익사할 때까지,
자신의 온 생애를 기울여 죽음의 가락을 탄주했다.
어느 날 그가 필생의 신명을 기울여 최후의 연주를 끝냈을 때
무한 대륙의 영토는 사라지고, 무한 대양의 검은 물결이
바로 그의 발아래서 남실거리고,
그가 탄주했던 그 모든 어두운 가락들은
귀곡성 같은 바람소리로 변해 하늘을 가득 채우고 있

었고,

그는 거문고를 안은 채, 이제 그의 영토의 전부가 된 의자 위에 앉아 흡족한 미소를 띠고 잠들어 있었다.

일점 일순

한 여자가 꿈을 꾸고 있다.
그녀는 꿈속에서 강의를 듣고 있다.
강의하는 사람은 그녀의 박사 논문 지도 교수이고,
함께 강의를 듣는 사람들은 그녀보다 나이 어린 대학생들이다.
어느 대목에선가, 교수는 칠판 위에 백묵으로
수평선을 하나 긋는다. 그는 그 수평선 위쪽에 "무한"이라고 쓴다.
그는 그 수평선상의 어디쯤에 점 하나를 찍는다.
그런 다음 그는 학생들에게 묻는다.
"무한과 일점은 무엇으로 연결되는가?"
그녀는 그 질문이 사실은 자기만을 향한 것이고,
그 질문에 대한 대답에 자신의 박사 논문 통과가 달려있다고 느낀다.
그녀는 그 질문에 대답하기 위해선 많은 시간이 필요하다고 생각한다.
그녀는 초조해지고, 땀을 흘리기 시작한다.
그녀는 박사 논문 통과는 틀렸다고 생각하기 시작한다.
그때 그녀 바로 뒤의 남학생이 대답한다.
"한순간, 일순입니다."
순간, 그녀는 그 대답이 정답이라고,
그러나 자신만이 대답했어야 할 정답이라고 느끼면서,
그 남학생에게 무지막지한 분노의 고함소리를
내지르다 꿈속에서 깨어난다.

그녀는 자신이 소파 위에서
『모래의 책』*을 보다가 잠들었음을 깨닫는다.
현실에서는 박사 논문과는 상관도 없는 그녀는 이제
꿈속의 그 지도 교수를 향해 정색을 하고 대답한다.
"앞으로 넘기든, 뒤로 넘기든, 넘길 때마다 줄어들어
한 알의 모래로 변하고, 마침내는 그 모래알마저
사라져버리게 되어 있는 책입니다."

* 「모래의 책」은 보르헤스의 단편소설 제목이고, 그 『모래의 책』은 앞으로든 뒤로든 넘길 때마다 페이지가 자꾸 불어나는 책이다.

나는 용서한다

나는 용서한다. 지나간 모든 세기들을,
다가올 모든 세기들을, 모든 환영들을.
나는 용서한다. 지구를, 태양을, 달을,
천왕성을, 명왕성을, 해왕성을, 빌어먹을 빅뱅을.
나는 용서한다. 불교와 기독교와 회교를,
단군을, 지하여장군을, 삼신할미를.
나는 용서한다. 황인종과 백인종과 흑인종을,
모든 나라들과, 모든 역사들을.
나는 용서한다. 국어와 산수와 영어와 불어를,
물리학과 생물학을, 천문학과 심리학을.
나는 용서한다. 점성술과 연금술과 타로를,
주역과 카발라와, 노자와 예수와 부처를.
나는 용서한다. 신과 악마와 천사 들을,
하늘과 땅과 바다와 그 안의 모든 것들을.
나는 용서한다. 모든 신화들과, 그 속의 신들과 영웅들을,
용과 히드라, 지네와 거미, 그리고 바퀴벌레의 전설을.
나는 용서한다. 그 모든 정치가들, 슈퍼 모델들, 올림픽 선수들을,
영화배우들과 교수들과 의사들을.
나는 용서한다. 네 몸, 내 몸을,
나의 눈, 나의 귀, 나의 코, 나의 입을.
나는 용서한다. 모든 형용사들, 부사들을,
모든 비교급들과 최상급들을, 모든 문장들을.
나는 용서한다. 내가 썼던 시들과, 내가 쓸 시들을,

그리고 그것들을 읽었던 혹은 읽을 모든 눈들을.

러스코의 추억

케넷의 강의는 빠르다.
그의 말이 빠르고, 그의 혀가 짧기 때문이다.
강의실 창밖으로 펼쳐진 드넓은 호수,
그 위로 몇 개의 보트들이 떠 있고,
그 위로 또 따뜻한 흰구름들이 떠 있다.

케넷이 하는 말들을 나는 자주 놓친다.
내 귀가 아직 덜 뚫렸고,
내 마음이 아직 덜 뚫렸기 때문이다.
영어만 통하는 강의실 안에
제각기 다른 모국어와 다른 배경을 갖고 앉아
귀기울이고 있는, 돌멩이들 같은,
풀꽃들 같은, 또 어떤 이들은 새 같기도 한,
온갖 나라에서 온 인생들. 그 인생들 중의 하나가
질문 시간에, "예수의 손을 잡고 갈 적에
담배 피워도 되나요?"라고 묻자,
아니 저런 순진한 인생도 다 있나, 하면서
모든 돌멩이들, 풀꽃들, 새들이 웃음을 터트린다.
케넷도 웃음을 터트린다.
"물론이죠, 예수가 담배 한 대 붙여달라고 할걸요.
그런데 말예요. 예수는 아마 럭키 스트라이크를 좋아
할 겁니다."
나도 나처럼 순진한 사람도 있구나 생각하며
차츰차츰 잠으로 빠져들려는 어느 한순간

케넷이 그날의 대히트 볼을 던져 나를 발칵 깨운다.
“모든 특별한 관계는 카니발리즘입니다.”

구토

오늘 내가 들은 빅 뉴스, 굿 뉴스는,
“신이 이 세계를 창조하지 않았다,
우리가 이 세계를 만들었다”는 것이다.
세상을 이렇게 창조해놓은 신은
죽여버려야 한다는 시를 썼었던
나는 이제 해방이다. 오늘에서라도
그 뉴스를 듣지 못했더라면, 나는 필경
그를 죽여버렸을 테니까, 그래서
신의 살해자가 되었을 테니까.

창세기라는 이름의 소설, 아니면 영화 속에서
그 구조와 진행에 묶여 신음하던 여자가
그 스토리 밖으로 가볍게 빠져나온다.
도대체 이런 스토리를 쓴 작자는 누굴까.
죽여버려야지, 나는 그 안의 한 고통스러운
배역으로 존재하긴 싫으니까, 그리고
내 모든 형제들도 탈출시켜야 하니까,
이 작자를 죽여버려야지, 두리번거리면서,
찔끔찔끔 구토하면서.

하지만 그때 어떤 손이 내 등을 두드리며
내게 말한다. “이봐, 그것도 꿈이야. 꿈에서
아무리 죽인들 무슨 소용이야, 그저 그 꿈을
용서하는 게 최상이지. 용서가 가장

완벽하게 빠져나오는 길이야."
나는 그제야, 내가 그를 태곳적부터
알아왔다는 것을 기억해낸다. 나는 그를 안다.
그리고 이제 깨닫는다. 모든 여행은 쓸모없는 여행이고,
모든 여행은 돌아가는 여행이고,
모든 여행은 떠난 적도 없는,
잠 속의, 꿈속의 여행이라는 것을.

한 생각으로서의 인류사

최초에 한 생각이 있었다.

한 생각이 열심히 기원하여 한 개념이 되었다.

한 개념이 열심히 기원하여 한 이름이 되었다.

한 이름이 열심히 기원하여 한 이미지가 되었다.

한 이미지가 거울 앞에서 열심히 기원하여 한 형태, 한 몸을 이루었다.

최초의 한 생각은 제 자신이 어떤 모습인지 비춰보기 위해

또 한 생각을 이끌어냈고, 그 생각이 또 한 개념, 또 한 이름,

또 한 이미지, 또 한 몸을 이루어냈다.

최초의 '나'라는 생각이 나라는 개념을 만들고

나라는 이름, 나라는 이미지, 나라는 몸을 만들고,

나는 내 형태를 보기 위해, 너라는 생각을 불러내고

너라는 개념, 너라는 이름, 너라는 이미지, 너라는 몸을 만들어냈고,

나는 너를 통해 나를 확인하고 보강하며,

너는 나를 통해 너를 확인하고 보강하면서,

우리는 우리에게 모자란다고 생각되는 것들의 집적으로

이루어진 또 한 이념, 또 한 이미지, 또 한 우상, '그를'

만들어냈고, 그리하여 나는, 너는, 그는 '우리들' '너희들' '그들'로

갈등하고 화해하면서, 증폭되어 인류사를 낳고, 세계사를 낳고,

진화사를 낳고, 천문학사를 낳고, 철학사를 낳고, 문학사를 낳고, 영화사를 낳고

나라는 한 생각, 한 개념의 무한 복제, 그리고 그 무한 복제품들끼리의

무한한 싸움, 그게 곧 세상이 아닐까.

버추얼 리얼리티

가령, 한 버추얼 리얼리티 비디오 프로그램을 앞에 두고
몇 사람이 앉아 있다고 하자. 곧 그들은 그 비디오 프로그램
안으로 들어갈 것이다. 그들은 한 가족의 구성원들이라 해도 좋고,
한 가치관, 한 국가의 여러 분파들이라 해도 좋고,
서로 다른 국가들, 서로 다른 행성들이라 해도 좋다.
어쨌든 그들은 그 비디오 프로그램 안으로 입성한다.
그들은 거의 설정된 어떤 시간, 어떤 공간, 어떤 정황들 속으로 들어가 신나는 모험을 시작한다.
그러나 그 모험이 계속될수록, 테이프가 시간을 따라 흘러갈수록,
그들은 자기들이 바깥으로부터 안으로 들어왔다는 것을 잊어버리고,
자기들이 잊어버렸다는 것조차 잊어버린다. 그들의 의식은
어느새 잠들어버렸다. 이제 비디오 안의
모든 시간과 공간 그리고 사건 들은 그들에게 적대적이다.
그 안에서 그들은 때로는 서로 협력하면서
때로는 싸우면서, 그 모든 위협과 공포로부터 벗어나기
위해 죽을힘을 다한다. 그들은 자기들이 바깥에 안전하게
있다는 것을 잊어버린 것이다.

그리하여, 한 아해가 무섭다고 그리오,
두번째 아해도 무섭다고 그리오,
세번째 아해도 무섭다고 그리오,
………………
………………

돈벌레 혹은 hanged man

어느 날 아침 눈떠보니, 이불 곁, 내 왼쪽 뺨에서 조금 떨어진 곳에서 돈벌레 한 마리가 꼼짝 않고 있었다. 일어나 이불을 개고 났을 때에도 그것은 꼼짝하지 않았다. 그놈 곁 방바닥을 손으로 탁 쳐도 움직이지 않았다. 볼펜으로 슬쩍 건드려보아도, 내가 가한 힘만큼만 밀릴 뿐 달아나지 않았다. 섬세한 가는 다리들을 수없이 많이 가진 그 다족류의 벌레는 깊은 선(禪), 아니면 명상에 빠져 있었다. 그러나 잠시 후 뭔가가 꼬물거리더니, 그 벌레 안의 더 작은 벌레. 한 생명체 안의 더 작은 생명체. 몸집은 더 작아졌지만, 몸 색깔은 더욱 짙은 고동색이 된 또 한 마리의 돈벌레가 더 큰 돈벌레 안에서 빠져나와 사라졌다. 처음에는 나는 그게 돈벌레가 새끼를 낳는 것인 줄 알았다. 알고 보니, 그것은 돈벌레가 허물을 벗는 작업이었다. 돈벌레도 허물을 벗는다는 것을 처음 알았다.

꼬물거리며 사라지는 그 작은 돈벌레를 바라보면서 내가 느꼈던 그것은 슬픔인가 기쁨인가, 아직도 판정을 내릴 수 없다. 그놈은—아니, 대체 그놈은 어떤 그놈을 말하는가—가을 들어, 그 죽음과 재탄생의 작업을 위한 준비를 해왔으리라. 아니 그것을 죽음이라고 해야 하나, 새로운 탄생이라고 해야 하나, 재탄생이라고 해야 하나, 부활이라고 해야 하나, 아니면 환생이라고 해야 하나, 아니면 해산이나 해탈이라고 해야 하나, 그것을 진화라고 해야 하나, 윤회라고 해야 하나, 그 행위를 규정해줄 단어를 고민하며 찾다가, 가장 가치중립적인, 탈세계관적인 단어인, '허물 벗기'로 낙착지었다.

하지만 그때 내 마음에 떠오른 이미지는 타로 카드 12번 'hanged man'이었다. 12번 카드는 빚을 못 갚아 그 벌로, 교수대에 한쪽 발이 묶인 채 거꾸로 매달려 죽임을 당한 남자의 그림인데, 그러나 그 카드를 거꾸로 놓고 보면 그 남자의 얼굴은 고통 한 점 없이 평안하다. 죽음보다는 속세의 모든 빚과 의무로부터 벗어나는 쪽이 훨씬 덜 괴롭다는 뜻일까. 이젠 개인적인 속세의 환영들로부터 벗어나 저 보편의 길을 마음 가볍게 가기 시작할 수 있다는 뜻일까. 그 새로 태어난 돈벌레를 어떻게 보아야만 할까. 허물을 벗고 새로운 몸으로 태어났으니 기쁘다 해야 할까. 한 생애에서 다른 한 생애로, 이 몸에서 저 몸으로 옮겨간 것뿐이니 애달픈 일이라 해야 할까. 그 문제에서 내 세계관의 전 그물망이 흔들렸다.

돈벌레가 벗어놓은 허물을 치우려고 볼펜 끝에 꿰어 들고 마당으로 나아가니, 마당 한끝에 분명 어제 내가 다 부숴버렸음에도 불구하고 바로 그 자리에다 또 한 거미가 커다랗고 둥근 거미집을 지어놓은 게 보였다. 동그란 이슬방울들을 몇 개 단 채 거미집은 햇빛 속에서 제가 전 우주인 것마냥 환하게 빛나고 있었다.

또다른, 걸인의 노래

손은 끊임없이 만지고 싶어한다.
혀는 끊임없이 맛보고 싶어한다.
코는 끊임없이 냄새 맡고 싶어한다.
귀는 끊임없이 듣고 싶어한다.
눈은 끊임없이 보고 싶어한다.
마음은 끊임없이 생각하고 싶어한다.
먹어도 먹어도 만족할 줄 모르는
거대한 식귀가 내 속에 살고 있다.
태어나서 죽을 때까지
허섭스레기들에 목이 말라
쓸어담기만 하는 거대한 동냥 바가지,
그것들의 조립이 내가 나라고 믿었던 나였다.

이제는 낡아 못 쓰는 악기,
그것으로 나는 얼마나 많은
각설이 타령을 불러왔던가,
그 환장하게 배고픈 노래들
다 어디로 가버렸는가,

못 쓰는 헌 악기는 버리고,
새 악기를 만들자.
거기에 눈과 귀와
코와 입과 손을 만들고,
잘 울리는 빈 공명통을 만들고

기다려보자, 기다려보자,
텅 빈 마음 하나
텅 빈 공명통에 들어와 앉을 때까지,
텅, 터덩, 텅 터덩덩 텅, 울리기 시작할 때까지.

눈이란 무엇인가

눈은 오직 올바로 보지 않기 위해 만들어놓은 장막.
눈은 오직 길 잃고 헤매기 위해서 만들어놓은 스모크스크린.
눈은 오직 허상들만을 보기 위해 찍어 만들어놓은 필름,
오직 스크린과 스크린 안의 것들만이 실재하는 것이라고
믿기 위해 만들어놓은 유구한 낡은 필름.
그 스크린 안의 무서운 형상들에 놀란 또 어떤 눈들은,
그 필름을 행복한 필름으로 고치려 애를 쓰다 제가 죽어버린다.
이 세계는 영원한 고쳐쓰기의 과정, 구제불능의 패러디이다.
그 세계에서 어떤 이들은 작자가 되길 원하고,
어떤 이들은 독자가 되길 원하지만, 그러나 그 둘은 하나이고
둘 다 그 주인 없는 테이프의 각본의 원작자가 되길 원한다.
우리는 내면에서 먼저 쓰고 그것을 바깥에서 읽을 뿐이다.
그리고 눈이란 안을 보지 않기 위해,
오직 바깥만을 증거하기 위해 만들어진 것이다.

?

내 몸은 걸어다니는 의문부호, 그 숫자는 날마다 늘어간다.

?…??…???…????…???????????????

도대체 이 모든 것을 하나로 묶어줄
가장 큰 의문부호는 어떤 것일까?
그것에 대한 가장 확실한 대답은 무엇일까?
한 의문부호가 지워지자마자
다른 의문부호가 일어선다.
내 꿈속마저도 의문부호들로 가득차 있다.
이 의문부호들을 끊임없이 피워올리는
얼마나 무지한 어떤 것이 내 속에서 살고 있었나.
얼마나 무지한 그것이 내게 그게 내 삶이라고 속삭이며
내 삶의 무대를 꾸며주고 내 삶의 줄거리를 하염없이 이어갔었나.
이제 그 모든 것들에 의문을 제기하며
끊임없이 일어서는 의문부호들.

생각들로 몸을 만들고 삶을 만들었다면,
어디, 생각들로 몸을 지우고, 생각들로 삶을 지워보리라.

연인들 1

—빛의 혼인

이 무기력한 흙빛 눈빛은 어디서 왔던가,
언제 왔던가,
누구를 기다렸는가.

내가 디딘 땅,
흙속에 묻힌 내 신부여,
너는 얼마나 오래 기다렸는가,
한 천년, 혹은 한 만년?
네 몸 다 굳어져
흙 인형으로 변했다가,
이제 마침내 흙으로 부서져버릴 참이었구나.
신랑들은 언제나 너무 늦게야 오고,
오, 오래, 너무 오래 기다려야만 하는 신부들,
땅 위의 따님, 따님들.
그렇게 오래 기다려온
네 절망의, 납빛 눈빛.

몇만 년의 어둠, 무력의 맹점에서
이제 비로소 몇억 광년을 날아와
내 눈빛이 너를 찾는다.
내 눈빛이 네 흙의 눈빛과 만나니,
너 비로소 하늘빛으로
살아, 날아오르는,
이 빛의 혼인, 축복의 환한 빛,

수천 길 땅속에서 끌어낸
나의 신부, 그 몸에 빛이, 생기가 돌고,
나의 잠자는 미녀,
이제 그 눈을 떠라,
나의 페르세포네, 나의 에우리디케,
오 나의 신부, 나의 누이여,
나의 말쿠스,
나의 웅녀, 나의 따님.

연인들 2

—두 마리 새의 화답

지하 사무실,
나의 지하 묘지,
아직 덜 깨어난
아직 덜 부활한 내 귀를 위해
낮게 열린 창밖으로부터
들려오는 두 마리 새의 화답.
보이지 않는 어디에선가
서로 통신하는 저것들,
지직, 재잭, 지직, 재재잭,

저 두 마리 새는 내 안에서 울고 있나,
내 밖에서 울고 있나,
아니 저것들은 수세기 전에 운 것인가,
아니면 수세기 뒤에 우는 것인가.

이제는 납골당만해진
시간의 이부자리를 마저
납작하게 개어놓고
나 또한 깨어나 그들에게
연인처럼 화답할 때,
갇혀 있던 다른 한 마리의 새처럼
지하 무덤, 이제는 뻥 뚫려버린
시간을 뚫고 무한을 향해
우주 중심까지 수직 상승할 때.

연인들 3

—몸속의 몸

끝 모를 고요와 가벼움을 원하는
어떤 것이 내 안에 있다.
한없이 가라앉았다
부풀어오르고,

다시 가라앉았다
부풀어오르는,

무게 없는 이것,
이름할 수 없이 환한 덩어리,
몸속의 몸, 빛의 몸.

몸속이 바닷속처럼 환해진다

문학동네포에지 041

연인들

1판 1쇄 발행 1999년 1월 30일 / 1판 2쇄 발행 1999년 3월 2일
2판 1쇄 발행 2022년 2월 15일 / 2판 3쇄 발행 2023년 2월 15일

지은이—최승자
책임편집—김동휘
편집—김민정 유성원 송원경 김필균
표지 디자인—이기준 이현정
본문 디자인—이주영
마케팅—정민호 이숙재 박치우 한민아 이민경 박진희 정경주 정유선 김수인
브랜딩—함유지 함근아 박민재 김희숙 고보미 정승민
제작—강신은 김동욱 임현식
제작처—영신사

펴낸곳—(주)문학동네
펴낸이—김소영
출판등록—1993년 10월 22일 제406-2003-000045호
주소—10881 경기도 파주시 회동길 210
전자우편—editor@munhak.com
대표전화—031-955-8888 / 팩스—031-955-8855
문의전화—031-955-2696(마케팅), 031-955-8875(편집)
문학동네카페—cafe.naver.com/mhdn
트위터—@munhakdongne
북클럽문학동네—bookclubmunhak.com

ISBN 978-89-546-8514-6 03810

www.munhak.com

문학동네